VAMOS CONVERSAR?
olha quem chegou!
carmen lucia campos

1 O QUE JUJU FEZ QUANDO SOUBE QUE IA GANHAR UM IRMÃOZINHO OU UMA IRMÃZINHA?

a. ( ) Deu pulos de alegria e saiu contando para todo mundo.

b. ( ) Achou legal, mas não falou nada sobre o assunto.

c. ( ) Disse que não queria irmãozinho nenhum e pediu uma mochila das Princesinhas.

2 AGORA, CIRCULE AS FRASES QUE MOSTRAM QUE, COM O TEMPO, JUJU MUDOU DE IDEIA SOBRE O NENÊ QUE IA CHEGAR:

a. Juju fez carinho na barriga da sua mãe.

b. Juju não quis escolher o nome da futura irmã.

c. Juju ficou tão ansiosa para conhecer a irmã que nem dormiu direito.

d. Juju escondeu seus brinquedos para a irmã não pegar.

3 O QUE JUJU PENSOU QUANDO VIU A IRMÃZINHA PELA PRIMEIRA VEZ?

_____
_____
_____
_____
_____

4 JUJU ACABOU DESCOBRINDO QUE ERA LEGAL TER UMA IRMÃ E QUE PODIA AJUDAR SUA MÃE A CUIDAR DELA. COPIE A FRASE ABAIXO, SUBSTITUINDO OS DESENHOS POR PALAVRAS PARA MOSTRAR O QUE JUJU FAZIA NA HORA DO BANHO DE BIBI.

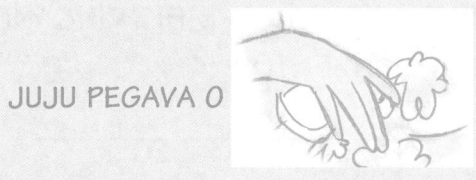

JUJU PEGAVA O _____ , SEGURAVA A _____ ,

BUSCAVA O _____ E, DE VEZ EM QUANDO, USAVA ESCONDIDO A

COLÔNIA DA BIBI. NA VERDADE, O QUE ELA GOSTAVA MESMO ERA DE FAZER

SÓ PARA VER A RISADINHA DA IRMÃ!

_____
_____
_____
_____

5 NO NATAL, JUJU DEU UM PRESENTE PARA BIBI E PARECE QUE A IRMÃZINHA ADOROU! FAÇA DE CONTA QUE VOCÊ É A JUJU E ESCREVA UMA REDAÇÃO BEM BONITA SOBRE TUDO O QUE ACONTECEU. FALE DA ESCOLHA DOS PATINS, DO PACOTE QUE FEZ, DO BILHETE QUE ESCREVEU, E TAMBÉM DO QUE SENTIU QUANDO VIU A BIBI BRINCANDO COM O PRESENTE DAQUELE JEITO QUE ELA INVENTOU.

olha quem chegou!

carmen lucia campos

ilustrações
cecília
esteves

escala
EDUCACIONAL

escala educacional

© 2007 Carmen Lucia Campos

Direção geral Diego Drumond • Gerência editorial Sergio Alves • Editor assistente Denis Antonio Assistência editorial Thaís Fernandes • Edição de arte Leandro Rodrigues • Assistência de arte Rafael Valverde • Produção gráfica Cintia Reis e Reinaldo Correale

Concepção da coleção Carmen Lúcia Campos e Shirley Souza • Produção editorial Carmim Serviços Editoriais • Consultoria pedagógica Maria Aparecida P. Albino e Marinete Menezes de Moura Revisão Rita Narciso Kawamata • Projeto gráfico e editoração eletrônica Shirley Souza

São Paulo • 1ª edição 2007 • 1ª reimpressão 2012

Av. Professora Ida Kolb, 551 – 3º andar – Casa Verde – São Paulo – CEP 02518-000
Fone: (11) 3855-2201 / 08007722120 • Fax: (11) 3855-2189
www.escalaeducacional.com.br
atendimento@escalaeducacional.com.br

ISBN 978-85-7666-909-8 (aluno)
ISBN 978-85-7666-910-4 (professor)

Impressão
Araguaia Indústria Gráfica

Dados Internacionais de Catalogação na Publicação (CIP)
(Câmara Brasileira do Livro, SP, Brasil)

Campos, Carmen Lucia
  Olha quem chegou! / Carmen Lucia Campos ; ilustrações Cecília Esteves. -- 1. ed. -- São Paulo : Escala Educacional, 2007. -- (Coleção sinto tudo isso e mais um pouco)

  ISBN 978-85-7666-909-8 (aluno)
  ISBN 978-85-7666-910-4 (professor)

  1. Literatura infantojuvenil I. Esteves, Cecília. II. Título. III. Série.

07-1888   CDD-028.5

Índices para catálogo sistemático:
1. Literatura juvenil 028.5
2. Literatura infantojuvenil 028.5

O pai chegou do trabalho e trouxe um presente para a Juju. Curiosa, ela foi logo rasgando o papel enquanto lia o cartão que estava junto do laço:

PARA A JUJU, COM TODO O AMOR DO NENÊ QUE VAI CHEGAR

Juju não entendeu nada, fechou a cara e começou a fazer um monte de perguntas:

O nenê vai chegar? De onde?

E vai ficar AQUI?! No meu quarto não cabe.

— Você vai ganhar um irmãozinho!

— Ou uma irmãzinha, a gente não sabe ainda...

— EU NÃO QUERO PORCARIA DE IRMÃOZINHO NENHUM!

Juju devolveu o presente e explicou bem explicadinho:

— O que eu quero é uma mochila cor-de-rosa das Princesinhas!!!

E saiu correndo para o quarto, com a maior cara de brava. Seus pais ficaram parados, sem saber o que fazer.

No dia seguinte, Juju acordou e, como sempre, só viu o pai e a mãe.

— O nenê não vem mais?!

— Vem, sim, mas vai demorar. Por enquanto, ele está aqui, dentro da minha barriga.

Nossa! Como cabe? E onde será que ele brinca?

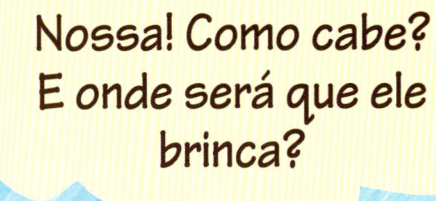

O tempo foi passando... A barriga da mãe foi crescendo e Juju começou a achar que o nenê podia não ser uma coisa tão ruim assim...

Um dia, Juju estava fazendo carinho na barriga da mãe quando teve uma dúvida:

— Se a gente não gostar do nenê, dá pra trocar por outro modelo?

— Não, não dá pra trocar, Juju. Aliás, tenho uma surpresa: é uma menininha que está aqui dentro.

— Eba! Eu queria uma japonesinha... Acho muito legal!

A mãe sorriu e explicou que a irmãzinha não seria japonesa. Ia ser parecida com a Juju.

Uma noite, deitada no colo do pai, Juju observou a mãe tirando a mesa do jantar e concluiu:

— Mamãe, você é a maior fortona! Acho que o papai não ia conseguir carregar esse barrigão aí.

— Juju, vamos escolher um nome bem bonito pra sua irmã?

— Agora não, pai, estou com sono. Conta uma história pra mim?

— Filha, amanhã vou arrumar o berço e o armário da nenê. Você me ajuda?

Juju nem respondeu. Não gostou de saber que ia perder um pedaço de seu quarto. Resolveu esconder seus brinquedos para a outra não pegar.

14

Demorou, demorou, mas, finalmente, a mãe de Juju foi para a maternidade. O pai foi junto para carregar a mala e a vovó veio ficar com a neta. Era tão grande a vontade de conhecer a nenê que Juju não conseguia brincar nem dormir direito naqueles dias de espera.

De repente, a surpresa:
— Olha quem chegou!!! — o pai anunciou, entrando em casa com a mãe e a irmãzinha da Juju.

Juju foi correndo ver a irmãzinha, mas desanimou: não era mesmo japonesa. E descobriu que também não tinha graça: pequena daquele jeito, só mamava e dormia. Não sabia andar nem falar! Mesmo assim, logo virou a atração da casa e Juju não gostou nem um pouco daquilo.

Será que ninguém vai ligar mais pra mim agora?

Juju não queria perder seu lugar de jeito algum. Então, sempre que o pai fazia a caçula dormir, ela aproveitava para ficar no colo da mãe. Um dia, disfarçou, disfarçou e depois ficou olhando para a irmã com carinho.

— A Bianca está rindo pra você, Juju.

— Que linda! Sabe, acho que ela não tem cara de Bianca. Bibi é mais bonito.

— Pelo jeito, a Bibi gostou do apelido. Não para mais de rir!

Juju começou a achar que a Bibi às vezes era até mais legal que seus brinquedos... Ela não sabia fazer muita coisa, não tinha dentes nem muito cabelo, mas era bem bonitinha!

Na hora do banho, Juju ajudava a mãe: pegava o sabonete, segurava a toalha, buscava o creme.
De vez em quando, usava escondido a colônia da Bibi.
Aí, toda vaidosa, ouvia seu pai dizer:
— Que menina mais cheirosa! Vou querer um beijinho!

Mas Juju gostava mesmo era de fazer caretas, só para ver a risadinha da irmã!

Um dia, Juju ficou preocupada: "Será que o Papai Noel vai trazer presente pra Bibi? Coitada! Ela não sabe falar nem escrever... Só se ele adivinhar..." — ela pensou.
Juju precisava resolver aquele caso para a sua irmã não ficar triste.

No Natal, Juju ganhou a sua mochila das Princesinhas, bem do jeito que queria, e deu para a Bibi um pacote maior do que ela. Nele havia uma mensagem que Juju escreveu sozinha!

Quando o pai e a mãe de Juju abriram o presente, tiveram uma surpresa:

Para a Bibi
Da sua irmã
Assinado:
Juju

— A vovó deu pra mim, mas não serve mais. É um pouco grande pra Bibi, acho, mas logo ela cresce e aí vai servir direitinho, né?